Apreciados amigos y familiares de los nuevos lectores:

Bienvenidos a la serie Lector de Scholastic. Nos hemos basado en los más de noventa años de experiencia que tenemos trabajando con maestros, padres de familia y niños para crear este programa, que está diseñado para que corresponda con los intereses y las destrezas de su hijo o hija. Los libros de Lector de Scholastic están diseñados para apoyar el esfuerzo que su hijo o hija hace para aprender a leer.

LECTOR PRIMERIZO PRE 1 NIVEL 30-100 PALABRAS

- Lector Primerizo
- Preescolar a Kindergarten
- El alfabeto
- Primeras palabras

LECTOR PRINCIPIANTE 1 NIVEL 50-250 PALABRAS

- Lector Principiante
- Preescolar a 1
- Palabras conocidas
- Palabras para pronunciar
- Oraciones sencillas

LECTOR EN DESARROLLO 2 NIVEL 250-750 PALABRAS

- Lector en Desarrollo
- Grados 1 a 2
- Vocabulario nuevo
- Oraciones más largas

- Lector Adelantado
- Lectura de entretención
- Lectura de aprendizaje

Si visita www.scholastic.com, encontrará ideas sobre cómo compartir libros con su pequeño. ¡Espero que disfrute ayudando a su hijo o hija a aprender a leer y a amar la lectura!

¡Feliz lectura!

—Francie Alexander
Directora Académica
Scholastic Inc.

A Jillian

El autor agradece a Grace Maccarone y Frank Rocco su contribución a este libro.

Originally published in English as *Clifford Goes to the Doctor*

Translated by Madelca Dominguez

ISBN 978-0-545-34118-9

12 11 10 9 8 7 6 5 13 14 15 16/0

Printed in the U.S.A. 40
First edition, September 2011

Clifford va al doctor

Norman Bridwell

SCHOLASTIC INC.
New York Toronto London Auckland
Sydney Mexico City New Delhi Hong Kong

Todos los años, Clifford visita a la Dra. Sagaz

DRA. SAGAZ
CLÍNICA
VETERINARIA

La primera vez que fue,
Clifford era muy pequeño.

Era la mascota más pequeña
en la sala de espera.

A Clifford le cayó bien la Dra. Sagaz.

Ella lo subió a una mesa.

Pero en cuanto le quitó la vista de encima, Clifford desapareció.

¡Estaba escondido en su bolsillo!

Clifford era tan pequeñito que la
Dra. Sagaz lo pesó en un pesacartas.

Lo midió con una regla.

Luego, le examinó los ojos,
los oídos y la boca.

Entonces, la Dra. Sagaz vacunó a Clifford.

A Clifford no le gustó que lo vacunaran,
pero fue muy valiente.

—Clifford está sano —dijo la Dra. Sagaz—, pero es muy pequeño.

Al año siguiente, Clifford regresó donde la Dra. Sagaz. Ella se sorprendió al verlo.

¡Clifford no cabía por la puerta
del consultorio!

—Examinaré a Clifford afuera —dijo la Dra. Sagaz.

Las enfermeras trajeron una balanza,
pero Clifford era demasiado grande.

La Dra. Sagaz tuvo una idea sagaz.
Su amigo tenía un camión.

Viajaron por la carretera.

Y llevaron a Clifford hasta una balanza inmensa.

Clifford se subió a la balanza.

—Tiene buen peso —dijo la Dra. Sagaz.

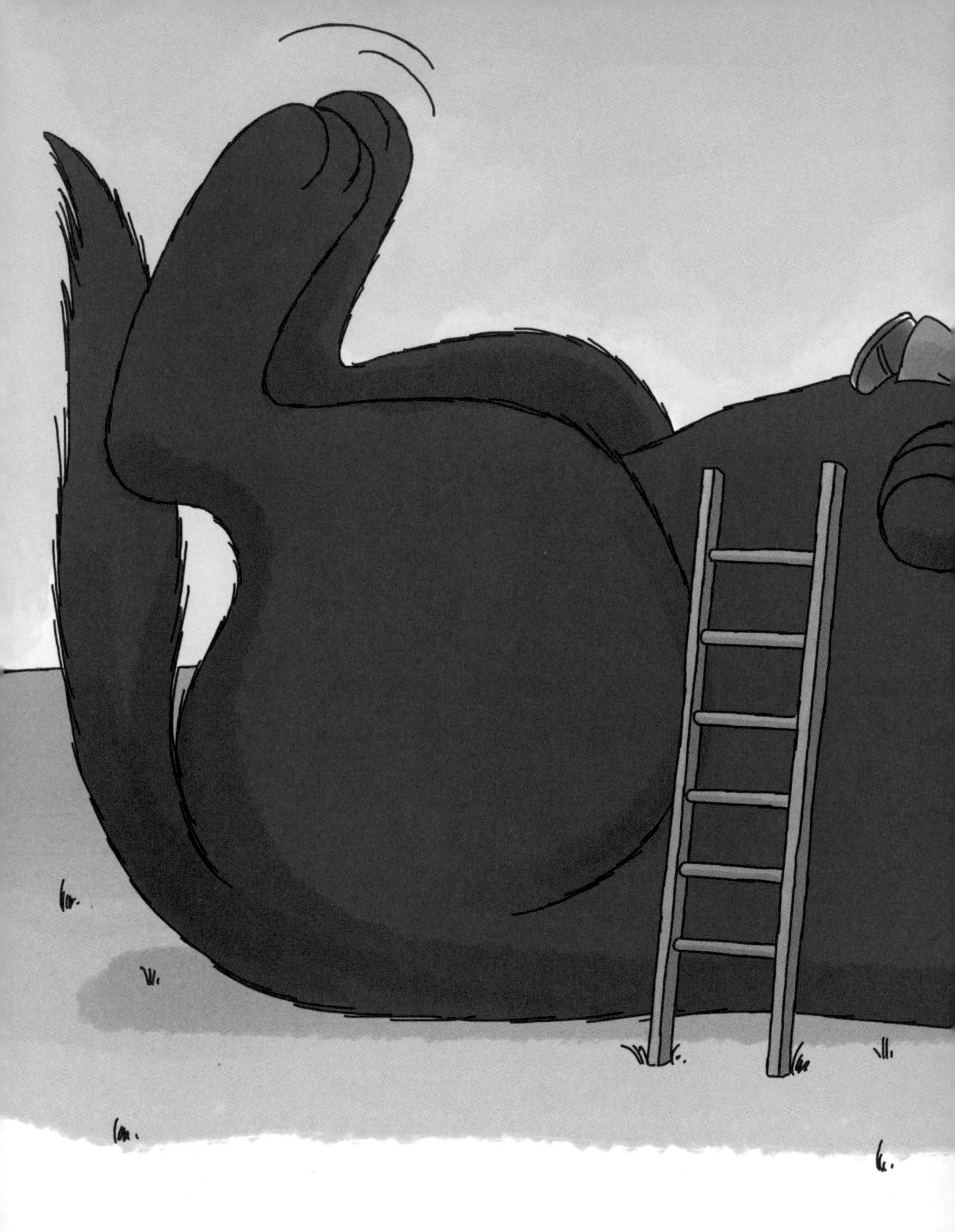

La Dra. Sagaz escuchó el corazón de Clifford

—Suena muy bien —dijo.

Después, le examinó los ojos y los oídos.

Luego le examinó la boca.

—Perfecto —dijo la Dra. Sagaz.

Llegó el momento de vacunar a Clifford. A Clifford todavía no le gustaba que lo vacunaran.

—Eres muy valiente —dijo la Dra. Sagaz. Después le regaló una galletita.

El examen médico había terminado.

—Estás sano —le dijo la Dra. Sagaz a Clifford—. Ahora puedes dejar de crecer

Y así fue.